윤
후
명

강릉길, 어디인가

나무시인선 003

강릉길, 어디인가

1쇄 발행일 | 2024년 01월 11일

지은이 | 윤후명
펴낸이 | 윤영수
펴낸곳 | 문학나무
편집 기획 | 03085 서울 종로구 동숭4나길 28-1 예일하우스 301호
이메일 | mhnmoo@hanmail.net

출판등록 | 제312-2011-000064호 1991. 1. 5.
영업 마케팅부 | 전화 | 02-302-1250, 팩스 | 02-302-1251
ⓒ 윤후명, 2024

ISBN 979-11-5629-173-2 03810

윤
후
명

강릉길, 어디인가

문학나무

잃어버린 시간 속으로

강릉시의 부름을 받고 한 '작은 도서관'의 명예관장이 되어 4
년 반 동안 문학을 이야기했다. 코로나가 창궐할 때까지. 그리
하여 70대에 고향의 문학 선생이 된 것이었다. 바로 어릴 적
뛰놀던 그 동네 골목에서.

강릉을 떠나올 때는 아직 전쟁이 끝나지 않아서 초등학교에
들어갈 수가 없었다. 학교가 문을 열지 않은 때문이었다. 그리
고 고향을 떠나 각지를 떠돌며 여지껏 살아온 것이었다. 그동
안 일부러라도 고향을 피하며 살아왔던 세월. 그 격절(隔絶)이
새삼스러워서 나는 머언먼 유배지에서 돌아온 사람처럼 주위
를 돌아보았다. 비워놓았던 꽉 채운 70년이 거기 있었다.

이 시집에는 그 감정들이 곳곳에 나타나 있다. 일부러라도 그
러고 싶었다. 그래서 나는 그 어린 시절에서 지금 늙은 시절까
지 내가 비워놓았던 시간 속으로 걸어들어갈 수 있었다. 이상

윤
후
명
강릉길, 어디인가

004

한 환상 이야기에서나 있는 것같은, 어린 내가 늙은 나를 또 하나의 생명으로 만드는 일이었다.
이 모두 오늘날까지 살아 있기에 가능한 일이다. 이 산천의 초근목피 하나에도 고마워해야 할 일인 것이다.

2023년 겨울
윤후명

차례

2

1

엉겅퀴꽃 가시

늘 하염없이 걸어오던 들길
엉겅퀴꽃 가시를 보고 배웠네
하염없이 걷는다는 건
그 가시를 본다는 것
가시로 사랑을 말한다는 것

윤
후
명
강릉길, 어디인가

서역 삼만리

'눈물 아롱아롱' / '진달래 꽃비 오는' / '다시 오지 못하는'
그곳
'서역 삼만리'라고 했다
고등학교 때부터 시에 빠져 있던 나는
서정주(徐廷柱) 선생을 모시러 댁으로 갔었다
그리고 시 〈귀촉도(歸蜀途)〉를 외었다
뒷날 서역 둔황(敦煌)에 가서
나는 '아롱아롱' 하염없이 눈물을 흘렸다
웬지는 알 길이 없었다
나는 그 '삼만리'를 내다보고 있었다
명사산(鳴砂山)과 월아천(月牙泉)을 거쳐 막고굴(莫高窟)
당나라 현장법사와 신라 혜초승이 나를 이끌었던가
그리고 시 〈귀촉도〉가 있었다
촉(蜀)은 먼 나라지만

이제 진달래 꽃비도 오지 않지만
나는 그 '삼만리' 멀리에서
하염없이 눈물을 흘리고만 있었다

밤편지를 쓰리라

나는 어디론가 걸어가고 있다
엉겅퀴꽃이 핀 시골길인지도 모른다
컴컴한 도시 뒷골목 어디인지도 모른다
나 혼자만이다
살 만큼 사는 동안
시골 들밭길 도시 뒷골목
걸을 만큼 걸었다
애초에 내가 꼭 가야 할 길은 없었다
그러므로 '어디론가'인 것이다
중앙아시아에서 네댓명 앉는 회교교당에 앉기도 했고
티베트에서 작은 곰파에 들어가 엎드리기도 했으며
우리의 시골 주일학교에서 하나님을 부르기도 했고
해인사 말사에서 불목하니 행자가 되기도 했었다
그럼에도 나는 어디론가 걸어갈 뿐인 것이다

내 앞에 있는 것은 한국의 꽃피는 봄날
아, 그대여
나는 기나긴 편지를 쓰고 싶을 뿐이다
밤새워 기나긴 편지를 쓰고 싶을 뿐이다

윤
후
명
강릉길, 어디인가

모르는 길

어느날 강원도 진부에서 버스를 탔었다
또 다른 어느날 경상도 합천에서 버스를 탔었다
서울로 돌아오는 찻길
오대산에서 탄허 큰스님 조실에 들락거리다가
또 가야산에서 일타 큰스님 심부름을 하다가
나는 길 없는 길로 접어들었다
그러니 지금도 길 없는 길을 헤맨다
오로지 작대기와 동그라미로 그려진 이정표
어디일까
어머니가 만주에서 들고 온 트렁크 속일까
남대천 물길을 올라온 연어의 낡은 지느러미 뒤일까
나는 눈감고 헤매는 것이다
헤매기 때문에 인생이라고 믿으며
머지않아 다가올 마지막 날을 헤아리는 것이다

여전히 어디론가 가고 있기에
모르는 길을 말할 수밖에 없는 것이다

공주의 강물

문성공주는 당나라에서 토번으로 시집을 오면서 말했다
"강물들은 모두 동쪽으로 흘러가는데
나만 홀로 서쪽으로 가는구나"
나는 그 당번고도(唐蕃古道)에서 얄룽창포강을 바라보았다
그렇구나, 저 강물도 동쪽으로 흐르는구나
살아가는 것은 강물과 함께하는 거로구나
그것이 강물의 섭리로구나
나는 얄룽창포강의 기슭으로 내려가
물결에 내 손을 적셨다
나 역시 서쪽으로 와서
지금 동쪽으로 흐르는 물결 앞에서
고향 쪽을 바라보며 남대천이 동해에 이르는
풍경을 그리워하는 나를 보는 것이다

수미산을 향하여

티베트 의학이 최고라는 믿음을 가진 최규익 교수
그곳 수미산에 가는 것만으로 병이 낫는다고 말한다
고은 시인과 그곳에 함께 갔던 추억을 더듬으며
카일라스라는 이름을 말한다
나는 티베트에 얼마 있는 동안
어느날 트럭 짐칸을 얻어타고 수미산으로 향했다
강물을 왼쪽으로 끼고 어디까지 달리는 것일까
먼지 자욱히 날리는 길은
먼 카일라스로 향하고 있었다
헤아려보면 그동안 살아오면서
여러 절의 수미산 앞에서 아픔을 달래지 않았던가
절마다 불상을 모신 수미단이 바로 수미산이었다
나도 모르게 수미단을 바라보며
나는 고비마다 아픔을 이겨낸 것이 아니었던가
트럭은 다시 또 다시 산모롱이를 돌아가고 있었다

나의 패엽경(貝葉經)

스리랑카에서는 패엽경을 만들고 있었다
그것이 야자잎이었던가
서울로 돌아와 글자를 쓸 때면
야자잎이 떠올랐다
어느새 나는 패엽경을 엮는 사람이 되었다
그러나 한 잎사귀 한 잎사귀, 한 글자 한 글자
엮고 있으면
언제 한 권의 책이 될지 알 수 없었다
다만 나는 야자잎을 펴고
나도 모를 무슨 글을 쓰고 있을 뿐이었다
그러면서도 내가 세상에서 버림받고
어느 뒷방에 홀로 버려져 있을 때
남몰래 읽을 책을 쓰고 싶었다
나도 모를 무슨 책을

그렇게 세상 어느 골짜기에서 홀로

나만의 패엽경을 이루며

살다가 가고 싶은 것이었다

양치기 백석(白石) 시인

강릉 구정면에서
백석 시인의 당나귀를 탄다
당나귀는 그의 시에서처럼 '응앙응앙' 울고
나는 남대천 물길을 따라가고 있다
그 예전 피난살이 하느라고 나 어머니와 함께 엎드려 있던
땅
저기에 백석 시인의 시가 있는 것이다
'남신의주 유동 박시봉방'에서 삼수갑산으로 쫓겨가
양치기가 된 그를 따라 압록과 두만 두 물길 소리를 듣는다
그 소리를 따르자면 당나귀를 타고
양들을 뒤따르면 되리라
이것이 구정면의 내 운명이라고
스스로에게 타일러야 한다
오늘도 남대천은 멀리멀리 흐르는데
나는 '응앙응앙' 좇아가고 있다

협궤열차와 황해바다

협궤열차를 타고 어디까지 갔더라
옛 자취를 더듬는 사진 전시회
그곳에 초청되어 몇 마디 한 뒤
과거 속으로 들어갔다
그 7년의 세월
묘만을 만나 떠나오던 나를
시렁 위에 올려놓고
파도 속 상괭이 우는 소리 들려오는
포구를 회상했다
이제 협궤열차는 자취를 감추고
같이 탔던 친구들도 사라지고
삶은 저물었구나
이것이 어찌된 인생이었다
영혼을 붙들어맸던 매듭도 풀려나가고

윤
후
명
강릉길, 어디인가

그 밝은 소리들은 협궤열차 바퀴가 거두어갔구나
이제 어디에도 없는 협궤열차를 타고
나는 어디에 와 있는가
소금꽃 송이송이 익히던 염전을 떠나
오랫동안 내 옆에 너울대던 누런 바다
그 황해는 아직 있는가

정암사 수마노탑

15년 전쯤(2009년) 교보문고에서 펴낸 책
〈지심도 사랑을 품다〉와
올해(2023년) 삼탄마인의 그림 전시는
둘 다 김형석 큐레이터의 솜씨
나는 정선 정암사에 가서
국보가 된 수마노탑을 바라보며
무슨 인연이었을까 돌아보았다
그 뜰에는 더군다나 겨우살이가
나무에 싱싱하게 붙어 있었다
그날 정선장에서 올챙이국수를 먹고 올라간
정암사는 적멸보궁이기도 했다
나는 산중턱의 수마노탑을 바라보았다
지금 삼탄마인으로 작품을 보내며
그 탑을 다시금 떠올린다

히말라야의 소금

자시용정이라는 시골 마을 소금물이 적시고 간 차마고도
〈사람과 산〉 홍석화 사장님이 지나갔다
캐라코름 하이웨이는 바로 이곳이고
봄꽃 뭉게뭉게 피었는데
그 등성이에 앉아
돌아오지 못한 채 눈속에 깊이 묻혀 있는
박영석 탐험대장의 발자국 소리를 듣는다
강물은 더 깊이 더 멀리 굽어 흐르고
그 새댁 눈물짓던 시상식
"오늘은 그가 그립기만 합니다"
심사위원 옆자리에 붙어 앉아
그녀가 대신하는 '수상소감'을 되뇐다
그리고 차마고도 옛길에는
차라리 돌아오지 못하는 사람 이름은 없다고 말하는
내가 한없이 어렵다

자하문 고개

자하문 고개를 넘어
김환기미술관과 윤동주문학관을 지나간다
벌써 이 고개 넘어다닌 지 30여년
먼저 간 달구지들은 어디론가 가고
과수원 길도 지워졌다
종이 만들던 시냇물은 어디까지 흘러갔을까
돌베개 베고 누워 있던 춘원 선생님 뵐 길이 없고
나만 홀로 머흘고 있다
치마 자락에 복숭아 자두를 따주던 처녀들도 사라져간 이 골
짜기
삶은 사라지는 것이라고 누군가 들려준다
오늘 이 고개 위에 서서
나만은 옛길을 믿기로 하건만
달구지 뒤뚱거리던 뒷모습만 나를 남기고 있다

그 길에서 나는 달구지 뒤를 따라
어디로인가 나를 보내고 있다

동리목월

동리 선생의 〈등신불〉을 읽으며
소설가를 꿈꾸었다
목월 선생의 〈나그네〉를 읽으며
시인을 꿈꾸었다
경주에 가서 두 분의 기념관을 돌아볼 때
내 젊음이 거기 있었다
시와 소설을 함께 아우르라는 말씀
서라벌예대와 연세대의 강의실에서 배우던 시간
지금 80 가까운 이 나이에도
나는 잊지 않고 있는 것이다
먼 길을 걸어온 내 발걸음이 아직도 가볍구나
"니, 요전에 어디 갔었노?"
두 분이 나의 소년에게 말하고 있구나
오랫동안 전쟁과 혁명을 겪었는데도
꿈꾸는 소년에게 말해주는구나

영(嶺) 너머 가는 기찻길

영(嶺) 너머 가는
기찻길
어디로 가니
나는 완행열차를 타고 대관령 넘는다
증기를 뿜어내며 '칙칙폭폭'
미카열차는 숨가빠한다
파묻혀 사라지는 산언덕 등성이들
멀리 바다는 어디에 숨어 있을까
기찻길은 그 모롱이들을 돌며
바다를 감추곤 한다
혹등고래나 청새리상어
헤엄쳐오는 듯 바다가 꿈틀거리면
'기찻길 어디로 가니' 물음은
내게 다가오는 물음이 되는 것이다

빈 이름표

사라진 친구들을 찾아 밤길을 나선다
그들의 숨은 모습을
밤길에서나마 찾을 수 있을까
모두 사연이 없을 수 없지만
일일이 밝힐 도리는 없는 노릇이다
사랑 때문에 사라지기도 했고
돈 때문에 사라지기도 했다
무엇 때문이든 뒤에 남은 나는
그 꼬리를 붙들고 이 밤을 헤맨다
꼬리는 바다 밑까지 깊이 지나서
너울을 몰고 어디론가 나를 이끈다
아무도 없는 어느 바닷가에서
나는 홀로 돌이 되는 수밖에 없다
돌의 삶은 언제 시작되었나

윤
후
명
강릉길, 어디인가

나는 사라진 친구들의 이름을 불러본다
바닷가에는 어느덧 빈 이름표만
이리저리 날리고
'산산이 부서진 이름, 허공중에 헤어진 이름이여!'
누구 하나 대답이 없다

강릉영화제의 추억

강릉영화제의 한 행사에 서영은 소설가와 함께했다
어느 해 동리문학상을 심사하며 나를 밀어주었던 그녀는
그녀의 소설 〈노란 반달문〉을 방금 열고 나온 듯
옛 추억을 들려주었다
나는 무엇을 이야기했을까
전쟁 때여서 학교에 입학하지 못한 사연 속의
'딱콩총' 소리,
혹은 어머니와 잡혀간 인민군 부대의 한밤 전등 불빛?
이제는 없어진 강릉영화제는 그렇게 지나갔다
그로부터 나는 강릉의 옛 추억들이
필름 두루말이 속에 살아 있다고 생각되었다
어머니가 나를 꼭 껴안고 잠들던 밤들이
'딱콩총' 소리를 아득히 뒤로 하고
'활동사진'으로 들어 있었다

진부 마을을 가며

적멸보궁 아래 월정사 길을 내려간다
내 친구 멱정(覓丁) 스님 여익구야
너는 여전히 탄허 큰스님과 함께 있느냐
개울에서 너의 빨래를 하던 젊은 보살은
이제 진부 집으로 돌아갔으리라
어찌하여 너는 다른 세상으로 갔느냐
우리 나란히 담배를 피워물던 숲을 지나
나는 어두운 숲속 어디론가 가고 있다
어디로 가는지는 나도 모른다
내가 나를 모르듯이
너는 내 입산을 막아서더니
어디로 가버렸느냐
이것이 인생이라고 하지는 않으련다
숲은 아직도 나를 기다리기 때문이다

지금 그때로부터 50년이 흘러
아직도 나는 진부 마을을 가며
무슨 자취인가 더듬는구나

윤
후
명
강릉길, 어디인가

패모 몇 뿌리

중국 청두를 떠나 도착한
티베트 라싸의 조캉 사원이었다
옛 토번(土蕃)의 송첸캄포 왕과 당나라 문성공주의 결혼을
나는 역사 저편에서 살려내고 있었다
그러면서 앞길의 인파 사이를 헤쳐 가다가
차마고도 순례객들을 마주쳤다
아, 그들이 마침내 이곳에 왔구나
그곳에서도 오체투지를 하는 그들에게
나는 할 말을 잃고 있었다
그들은 도대체 그렇게 얼마나 걸어 왔을까
그런 다음 그들 누구는 스님이 되고
누구는 패모나 동충하초를 캐러 간다는 노래가 떠올랐다
나는 그들이 인도로 가든 네팔로 가든 부러워하고 있었다
내 삶은 바람에 날리다가 사라질 운명 아니던가

서울로 돌아온 나는 이곳저곳 기웃거려서
패모 몇 뿌리를 구하여 뜰에 심을 수 있었다
올해도 뾰족한 고동색 새싹이 돋아난 패모 몇 뿌리

윤
후
명
강릉길, 어디인가

사과밭 북상(北上)

올해 겨울은 한결 따뜻했다
누구는 우리나라가 아열대가 되리라 한다
누구는 지구의 종말이 다가오리라 한다
시베리아 동토에 묻혀 있던
매머드가 모습을 나타낸다는 것이다
나는 그대와 함께
봄의 꽃을 기다리며
아열대의 동토를 간다
발목이 이끼땅에 푹푹 빠지고
함께 살아온 세월이 미끄러진다
세월은 저쪽 뒤로 한참을 지나고
사과밭이 북상(北上)하고 있다

애벌레의 새벽

도르르 몸이 말려서
바닥에 떨어지면
먼 데서 온 이름모를 소녀가
이슬방울 속으로 들여다본다
애벌레의 초록빛 흰 더듬이는
말라서 터럭이 되는데
오랜 시간 마르면
터럭 끝에 사랑이 보인다 한다
근육이 홀쭉한 늙은이가 비실거리며
이젠 갈 때가 되었지,
희미한 웃음을 홀로 머금는 새벽이다

붉은 장미의 노래

그 뜰의 붉은 장미처럼
그대의 마음 붉었네
오랜 세월이 지났으나
그 붉음 잊지 않고 마음에 간직하네
우리가 맑게 살려는 것은
그 꽃을 배웠음이니
오늘도 남몰래 바라보네
'순수한 모순'을 노래한 시인처럼
가시는 날카롭게 우리를 지키며
사랑을 말하네
그 꽃의 정렬과 지혜를 배웠음이니
우리의 만남이여
언제나 붉음이 짙어지네
꽃에게 배운 사랑의 마음이여

오랜 세월이 지났으나
우리와 함께하네

윤
후
명
강릉길, 어디인가

천막 학교

우리 집에는 귀신이 살고 있다고
아이들은 손가락질을 했다
아닌게아니라 바깥 벽에
오래 된 후줄근 낡은 옷이 걸려 있었다
나는 움츠리고 흘낏거리며
집에 드나들었다
낡은 옷이 나를 덮칠 것만 같았다
그래서 춘천의 천막 학교에서 돌아오는 길은
늘 어지럽게 쫄려들었다
컴컴한 언덕길은 더욱 나를 붙잡고 늘어졌다
들여다보면 거기에는 시래기가 걸려 있었다
낡은 옷을 입은 무배추 시래기
우리는 그걸 끓여 먹으며
귀신을 잘라 먹고 있었다

배가 고프다고 귀신을 잘라 먹던 육이오 뒤
천막 학교에 가야 하는 날들이었다

윤
후
명
강릉길, 어디인가

울산의 고래들

고래를 따라
오랜 세월 바다를 떠돌았다
작살을 들고 배를 저어
고래가 어디 있는지 가늠했다
바다는 언제나 몸부림치며
나를 이끌고
고래를 노려보는 내 눈초리를
놓치지 않음을
나는 알고 있었다
그리하여 고래와 한 몸이 되어
이 바위로 왔다
그 날을 잊지 않기 위하여
얼굴에 비춰보는 이 바위에
그려진 모습이여
바위 깊이 새겨진 내 삶이여

서촌의 고래 1

이름을 불러본다
서촌에서 '고래'라는 새로운 이름 아래
시를 이야기하는 시인들
1960년대 말을 지나며 만난 시인들은
다시 동인으로 만난다
그동안 세월이 얼마였는가
아득하게 살아온 발걸음이
서촌에 이르렀다
강은교, 김형영, 윤후명, 정희성
떠돌며 살면서도 시 하나 놓지 않고
오직 그것으로 뜻을 세웠다
삶을 확인하는 만남
고래처럼 바다 위로 솟아올라
깊은 숨을 쉬며
곤두박질치기도 마다않으려고

서촌의 고래 2

고래라는 별칭을 얻은 우리는
동해 바다를 오르내린다
우리의 바다를
우리 것으로 하려고 숨을 내뿜는다
나는 부산에서 고래가 잡힌 걸 본 이래로
서면 시장에서 고래 고기를 먹으며
오랜 동안 고래와 함께
숨을 나누었다
서울에서도 고래 숨으로 살려 했다
혹등고래, 밍크고래, 범고래, 돌고래
그리고 이미 세상을 등진 어떤 고래 동인이여
남기고 간 시를 다시 읽으며
함께 숨쉴 바다로 간다

서촌의 고래 3

사막의 언덕을 오른다
언덕이 움직인다는 생각은 틀린 것인데
그렇지 않았다
그것은 코끼리가 되고
그것은 고래가 되어
발밑의 땅을 움직여가고 있다
오래 전 서해안의 포구에서 돌고래 꼬리를 가져와
벽에 걸어놓았던 그 무렵
돌고래 꼬리는 외로움이었다
외로움이 바닷물결을 가르며
내 가슴결을 가르며
바다를 움직여가고 있었다
그 고래가 사막길을 가고 있다
고비사막의 코끼리였다

이번에는 향유고래, 인도 코끼리였다
사막의 향기가 번지고 있었다

서촌의 고래 4

흑표(黑彪) 한 마리 살고 있다기에
산동의 기슭에 내 노래를 파묻는다
더 가다보면 알타이 우랄의 한 기슭
트럭이 향하는 곳에 히말라야는 먼 꽃을 날린다
강릉영화제에 다녔다 가느라고
나는 바다 위 책방에 머물렀었다
고래 동인이여
우리는 이렇게 살아왔구나
높은 산 곰파에서 홀로 목탁을 두드리면
흑표는 가락을 놓아 우리의 목숨을 기다리고
강릉 파도에 맡겨둔 노래의 생명이여
흑표와 함께
우리는 산을 넘고 바다를 건너 세상을 헤어간다

서촌의 고래 5

배는 떠나갔는데 나는 헤매고 있구나
감자 한 알 먹으려고
러시아까지 헤매고 있구나
우랄산맥에 왔으나
여기는 이름도 낯선 투바 자치공화국
사람들은 몽골족과 퉁구스족의 혼혈
나는 작은 돌인형 토템을 얻어
나를 맡긴다
북극해를 건너는 외뿔고래처럼
삐익삐이익 일각(一角)의 소리를 지르며
고향으로 돌아가길 꿈꾼다
오늘 한국의 강원도에는
몇 명 시인들이 고래 몸에 꽃을 그리려고
대관령 산신령님 아래 모였다고 한다

해(骸)에게서 소년에게
— 티베트 풍경 1

티베트 고둥 악기를 들고
바다를 본다
물론 바다는 멀리 있다
보이지 않는다
그러나 바다는 저기에 있다

'처…ㄹ썩 처…ㄹ썩 척…아.
때린다. 부순다. 무너버린다.
태산 같은 뫼. 집채 같은 바위돌이다.
요것이 무어냐. 요게 무어야.
나의 큰 힘, 아느냐 모르느냐. 호통까지 하면서.
때린다. 부순다. 무너버린다.
처…ㄹ썩. 처…ㄹ썩 척 추르릉 콱.'

인사동에서 구한 고둥 악기는 최남선 선생의 시를 읽는다
품에 바다/해(海)를 안고, 소년을 가르친다
옛날에 바다밑이었다는 히말라야였기에
나는 시의 바다를 건너 산 위에 선다

세상에서 가장 높은 마을
— 티베트 풍경 2

세상에서 가장 높은 곳에 있는 마을이라는
시가체 마을을 지난다
이 작은 읍내(邑內)에서도
나는 늘 버릇처럼 내가 살 곳을 찾는다
이 골짜기 어디에 방 하나 내어
나머지 삶을 보내고자 하는 것이다
아침에 히말라야에서 빛을 얻어다
얼굴을 밝히고
산기슭에서 한 줄기 무지개로 평화를 담으리
그리하여 나는 황모(黃帽) 하나를 얻어 쓰고
산너머까지 탕카를 그림처럼 그리리라
그리하여 나는 유채밭 반하밭 지나
내 누울 방 하나를 얻으리라
히말라야의, 초마랑마의 빛이여

타르쵸 앞에서
— 티베트 풍경 3

파란 하늘, 노란 땅, 빨간 불, 흰 구름, 초록 바다
그대와 나는 타르쵸 오색 깃발을 바라보며
사랑을 되새기네
우리 만남의 30년 넘게
경전 소리를 울린 사랑
그대와 나는 알고 있네
지금도 먼 길을 가야 한다는
깃발 소리가 있네
우리 마음에 일고 있는 바람소리
경전을 울려
타르쵸는 세상을 오색으로 물들이며
'평화의 무지개'를 이루네

룽다의 향기
― 티베트 풍경 4

라사에서 수미산으로 향한다
얄룽창포강 기슭을 달려가는 길
룽다(風馬)를 타고 가는 길
중국 청두(成都)에서 달려온 길이다
폭우가 쏟아진 뒤
길들은 허물어지고
마을 소녀는 작은 물레방아로 티베트 향(香)을 모은다
담장에 소똥을 붙여 말리는 여인네는
손길이 바쁜데
먼 수미산의 향기가 풍겨온다
어젯밤에는 〈티베트 사자(死者)의 서(書)〉를 읽고
룽다에 한 줄 한 줄 적혀 있는 그 글을
지금 되새기느니
길은 또한 한 줄 향인 것을
세상 모두에 향이 묻어나는 것을

총령(蔥嶺)의 노래
— 티베트 풍경 5

티베트 고원에서 중앙아시아 고원을 넘는
일행이 있다
파 농사를 지으려고
총령(蔥嶺), 파미르를 향하는 고려인을 뒤이어
중국 땅에서 피해 나오는 달라이 라마
소련이 무너진 뒤의 고르바초프도 있다
총령, 파미르는 파의 고개를 뜻했다
'파미르에는 10년에 한 번 양파의 꽃이 핀다'는
김춘수 시인의 시를 읽으며
나는 낙타를 탄다
중앙아시아의 스위스라고 일컫는
키르기즈스탄의 호수를 돌아가면
몇 가구 고려인 마을이 나타나고
나는 알타이의 노랫소리를 듣는다

보로딘의 ‘중앙아시아의 고원에서’와 함께
우리의 참나무 톱슈르가 울리는
노랫소리를 듣는다

수미산 가는 길
— 티베트 풍경 6

알룽창포강 둔덕 유채밭은 이어지고
사이사이로 엉겅퀴 붉게 피는데
그 붉은 포기마다 곰파 한 채 있는 듯
나는 수미산을 바라본다
언제 카일라스 수미산을 가려는가
달려가는 트럭을 얻어타기도 어려워
언제까지 걸어가는 강 언덕
그러나 낙원은 저곳에 나타난다
엉겅퀴 붉게 붉게 피어나는 강 언덕
산길을 바라보며 가면
하룻밤 묵을 곰파
그 한구석에 몸을 기대고
뜻 모를 서장(西藏)다라니 한구절에
나를 맡긴다

꽃마리, 꽃을 피우면

핏줄이 파르스름 꽃잎에 묻어나는데
꽃마리
바람에 날린다
잎새에 무당벌레 붙어도
고개 넘어
그대 집 아직 멀다
그대의 핏줄에 흐르는 피는
이제껏의 인생살이를 말하면서
파르스름 그리움 짙게
내 한 몸 이끌어가고 있는데
갈 길은 아직 멀기만 하고
꽃마리
이름 불러
나는 내 몸에 그대 위한 글자를 새기며
지는 해를 넘긴다

윤
후
명
강릉길, 어디인가

랭보 시인을 따라서

1

에티오피아 하라르에 가 있던 시인 랭보,
예전부터 대상(隊商)들이 낙타를 타고
중동과 인도와 중앙아시아까지 길을 잇던 곳
나는 하라르 커피를 마시고 있다
그러나 랭보는 37세에 앓아눕고
스승인 폴 베를렌은 떠나고 말았다
강릉 남대천으로 가고 있는 나는
랭보의 시를 더듬는데
대학 때 떠난 꿈의 세계가 언제 살아날지
내 삶조차 아득하다
어느새 내 나이 희수(喜壽)를 말하고
나는 이 길 위에 망연히 서 있을 뿐이다
잊어버린 시 구절들로서

어느 날에 하라르와 강릉을 이으려는지
아득하기는 여전하다

2

서울 서촌 '시바의 여왕' 카페에서
하라르 커피를 시킨다
에티오피아 하라르 지방이 높아서 추운 곳인데도
커피나무가 잘 자라는 것은
화산 때문이라고 주인 여사는 들려준다
그 커피가 예맨의 모카 항구를 거쳐
서울까지 왔다는 것이었다
그 맛과 향에 혹해서 카페까지 차렸다고 덧붙였다
나는 여전히 랭보 시인 생각
30대의 그가 하라르에서 커피를 마신다
그렇지, 에티오피아 마라토너 아베베도 서울에 왔었지
그러나 나는 랭보의 커피를 바라보며
그곳에서 깊은 병을 얻은 그를
그려보고만 있었다

3

강릉 밤바닷가
이상(李箱)을 읽고 랭보를 읽는다
아니 그들의 실체를 더듬는다
못 읽는 것인데 척할 뿐인가
오생근 교수는 어쩔 셈으로 랭보를 번역했는가
랭보의 17세 나이를 내게 보여주려고?
내가 성균관대학 백일장에서 상을 탄 나이
그래서 랭보는 밤바다에서 〈취한 배〉를 타고 있는가
그러다가 나중에 에티오피아로 가서
절뚝거리며 춤을 추었는가
시를 이해하려고 한 것부터가 잘못이었다
오징어배에서 오징어 먹물이 쏟아지고
삶은 검게 물들었다
강릉 밤바다에서
먼 오징어배 불빛을 바라보면
다른 나라가 있다
죽은 사람들의 얼룩이 오징어 먹물에 적셔진다
17세에서 지금 77세까지
60년 세월이 먹물 속에 물들어 있다

안목나루

남대천 둑방길을 걸어
안목나루에 이르렀다
언젠가 대관령에서 내려온 호랑이가
발자국을 남기고 멀어진 바닷길
오죽헌 율곡매* 벌써벌써 피고
예가체프 커피 향기 날린다
나는 강릉 커피로 그대를 맞이하고
먼 산을 부른다
그 예전 부산 영도로 가던 배가 머무르던 항구
뱃고동 소리 잦아들면
그대 어디로 향하는가
어느 먼 곳까지 따라 나서리니
그리움이 바다를 어루고 있다

*한국 4대 매화-강릉 오죽헌 율곡매(천연기념물284호), 구례 화엄사 화엄매(천연기념물285호),
 장성 백양사 고불매(천연기념물486호), 순천 선암사 선암매(천연기념물488호)

아무도 없는

누구는 수평선을 걸어가고
누구는 지평선을 걸어가고
누구는 강을 건너고 산을 넘는다
아무도 없다
누구는 말을 타고
누구는 낙타를 타고
누구는 하물며 새를 타고 있다
아무도 없다
그래도 해는 뜨고 지고
달은 뜨고 진다
아무도 없다
나는 홀로 병실에 있다

강릉 단오

강릉 단오는 호랑이의 날
아니 창포물에 머리 감는 처녀들의 날
옛날 호랑이가 어둑어둑한 저녁에
강릉 처녀를 물어다
대관령 아흔아홉 구비 어디에 고이 앉히고
신방을 꾸민 날
그리하여 호랑이 발자취에
잃어버린 처녀가 살아 있구나
그 호랑이가 대관령에서 물푸레나무 신목(神木)을 모시고
강릉 처갓집으로 내려와
다시 신방을 꾸미는 날

윤
후
명
강릉길, 어디인가

그들은 어디

먼저 간 친구들은 모두 어디 갔을까
예전의 협궤열차를 타고
어느 모롱이를 돌아갔을까
아니면
바다 파도를 타고 가물가물 저 멀리 사라져 갔을까
모두들 사라져서는 안되는 그들
모두들 잊혀져서는 안되는 그들
하지만 어디에 그림자도 없다
이름을 불러도 대답도 없다
나는 홀로 산모롱이에서 어디론가 찾아가고 있는데
그들은 어디 있을까
그들은 어디로 갔을까

진주 남강

그대와 함께 진주 남강을 바라본다
그대가 태어난 집을 거쳐
꽃은 피고 지고
새는 울며 나는 곳
'진주라, 천릿길'을 온 것이다
고향에서는 어머니가 감자적을 구우며
나를 기다리는데
예전 설창수(薛昌洙) 시인이 서정주(徐廷柱) 시인에게 말하던
새댁이 있는
강가에 앉아 '강낭꽃보다 더 푸른' 강물을 바라본다
나는 그대에게 먼 바다 먼 하늘을 말하며
언제 다시 이다지도 거듭 눈여겨볼까
세월을 짚어본다
우리의 진주 남강이 흘러가고 있었다

귤

어릴 적 속초에서 강릉으로 돌아오면서
글자 하나를 익혔다
─귤
병원선에서 떨어진 열매였다
나중에 강릉 문화작은도서관에서 소설을 가르칠 때도
붙들고 있던 글자였다
─귤
서부시장 수레에 실려 있던 그 열매는
소설에서 익어가고 있었다
남대천에 올라오던 연어처럼 귤은
지느러미를 키우고 있었다
그 글자를 붙들고 나는 전국을 돌았다
귤의 지느러미는 동해에서 태평양을 돌며
나를 키웠다

감자꽃이 필 때마다
울타리콩꽃이 필 때마다
나는 태평양을 내 품에 안았다
귤을 실은 수레들은 바다에서 반야용선이 되고
귤나무는 크게 자라 깨달음의 나무그늘을 이루었다
일흔일곱이 넘은 지금도 귤나무는 자라고
반야용선은 나를 싣고
저 바다를 건너간다

병원선

전쟁 때도 양미리 배는
만선으로 들어왔다
나는 늘 쿵쿵 울리는 포 소리를 들으며
아궁이에 양미리를 구워먹었다
전쟁을 따라 속초까지 올라간 우리 가족
바다는 포 소리를 품에 안아
큰 파도를 이루고
어부들의 발걸음은 무겁다
배를 따라온 갈매기들은 끼룩거리며 뱃전에 날고
멀리서 병원선 한 척이
그림자처럼 미끌어져 들어온다
전쟁도 그림자를 끌고 따라오고 있었다

바닷가 잠실

누에가 뽕잎을 쏠아먹는 소리
19세 어머니는 그 소리를 이끌고
남대천을 건넌다
바다로 흐르는 물소리는
누에와 함께
실 뽑듯이 나를 부른다
어디 멀리 있느냐
나는 천변에 가까이 있다
하지만 멀리 더 멀리 있는
물소리 속에 있다
마침내 머리를 드는 누에처럼
나는 어머니 쪽으로 눈을 뜬다
살아 있는 뜻을 알리는 것이다

비단 목도리

비단길 가는 길에
강릉 잠실이 보이는 듯했다
어머니께 비단 목도리 하나 못 해드리고
어느덧 나이만 먹은 나
둔황 유적으로 가고 있구나
이것이 불혹(不惑)이런가
드디어 비단길에 올라서
겨우 기웃거리는 비단 가게
비단처럼 오래오래 고우면
살아온 정(情)이
더욱 새로우리니
어머니께 드리는 비단 목도리

우크라이나로 간 비탈리

우크라이나로 간 카자흐스탄의 비탈리
예전에 중앙아시아 황무지에 버려졌던 우리 민족
노래를 부르며 살아가고자 했던 비탈리
나는 그의 집에 세들어 지냈다
그러나 이제 모두가 뿔뿔이 흩어졌으니
그는 지금 무엇을 하고 있을까
우크라이나와 러시아의 전쟁 소식에
그의 목쉰 노랫소리를 듣는다
애초에 소련이 해체되었을 때
우크라이나에 가서 농사를 짓겠다던 그였다
농사 중에도 파농사를 짓겠다고 했다
그의 집 마루 밑에 갈무리해둔
감자와 양파, 당근을 마음껏 먹으라던 비탈리
그는 러시아의 포화 속에

어떻게 견디고 있을까
올해도 파꽃은 하얗게 피었는데
소식은커녕 생사조차도 모를, 노래부르는 비탈리

달팽이 뿔 위에서

멀리 떠나고 싶다고
나는 말해왔었다
어디론가 멀리, 그리고 더 멀리
그러나 항상 달팽이 뿔 위에 앉아 있었다
달팽이는 오늘 빗속에 어디론가 가고 있는데
나는 산밑에서 달팽이의 노래에 귀기울인다
여지껏 살아온 게 무엇이냐는 그 노래
달팽이는 내게만 불러준다고 속삭인다
멀리 가는 게 무슨 뜻이냐고
달팽이는 뿔을 흔든다
비 개고 노을이 질 때도
나는 달팽이 뿔 위에서
내 뜻이 무엇이었는지 내게 묻는다

윤
후
명
강릉길, 어디인가

대관령 햇감자

강원도 평창의 '승산농장'에서 온 햇감자를
며칠 동안 먹었다
대관령 감자꽃 사이로 걸어가던
서른살 초반의 내가 있다
그 길로 가면 승려가 된다고
나는 탄허 큰스님 일화를 듣고 있었다
월정사의 불탑은 티베트를 가리키는데
이제는 내 나이 일흔일곱살
감자꽃 하얀색 보라색
일생이 그 빛깔 속에 묻혀 있구나
감자꽃 송이송이가 곰파가 되고
거기서 몇 날 며칠 패엽경을 읽던 나는
그 감자꽃을 따서 수미산에 룽다 깃발을 두른다

교과서

고콜불에 교과서를 비춰보던
경기도 양주군 남면 신산리
벽 속의 관솔불을 돋우고
누군가의 동시를 읽는다
겨우살이 열매를 부리로 찍는 때까치를 쫓아가던
어린애가 지금 이 나이가 되어 예까지 오다니
다시 강릉에 가서 관솔불을 돋우련다
몇 십 년 동안 꺼트리지 않은 불빛
아직도 흐리게나마 책장을 비추려니
비어 있는 것은
어디인지 모를 곳으로 가는 내 발걸음
밤새도록 고콜불 속에서
옛 교과서 책장이 펄럭거린다

윤후명
강릉길, 어디인가

동명항(東明港)

사천을 지나면서
이홍섭(李洪燮) 시인이 가르쳐주는 동명항 바다를 바라보다가
바람에 날리는 함석 지붕들을 바라보다가
몇 마리 꽁치와 도치와 함께
바다 속으로 들어가고 말았다
어떤 물고기들은 목어(木魚)처럼 주문진 쪽으로 날아가고
바다는 예전 전쟁 때처럼
윙윙 소리를 내고 있다
내가 여기까지 언제 어떻게 왔던가
어디에도 모두들 발길조차 없는데
윙윙거리는 편지를 쓰는 사람들의
머리만이 바다를 헤맨다
아버지 어머니는 어디로 가고
동명항은 내게 빈 편지를
속달로 보내고 있다

마애불이 쓴 글자

아프카니스탄의 바미얀 불상이 파괴되고
나는 헤매다니는 몸이 되었다
옛적 이곳에 왔던 알렉산더 대왕의 흔적은 더욱 아득하여
간다라 불상은 멀리만 있는데
드디어 찾아보는 우리 불상들
(목포 월출산, 파주 용미리, 증평 남하리, 안동 이천동,
경주 남산 윤을곡, 남원 호성암지, 서산 용현리, 문경 봉암사,
북한산 삼천사, 경주 남산 불곡, 문경 대승사, 괴산 원풍리…)
이들 마애불을 보며
비단길의 흔적을 내 마음에 더욱 깊게 새기면
나는 마침내 내가 되어 나를 찾으리라고
믿기로 하는 것이다
어쩌면 산속 깊이 어느 돌에 새겨놓은 한 편의 시일까
아니, 시는커녕 그 이전의 무슨 글자일까

쐐기문자? 매듭문자?
나는 더듬거리며 흔적을 짚어간다

예맥(濊貊)족의 나

돌궐(突厥), 달단(達旦), 여진(女眞)족들 어디로들 달려가고
알타이에서 온 동이(東夷)의 예맥(濊貊)족인 나는
바다를 바라보고 걷고 있다
곰과 호랑이가 오가던 산기슭
아버지는 대관령에서 총 맞아 숨지고
나만 남아 바다로 나온 것이다
언제 어디로 가야 할지 몰라
파도 소리에 귀를 기울이지만
파도는 너울로 바뀔 뿐이다
유라시아의 황량한 벌판에
옛 족속들은 자취 없이 멀어져갔는데
나는 머나먼 바닷가까지 와서
마지막 한 사람처럼
누군가를 기다리고 있다
그는 갈대잎 일엽(一葉)을 타고 온다고 했다

윤
후
명
강릉길, 어디인가

고래고기

정동진역을 지나며
어릴 적 어머니의 치마꼬리를 잡고 가던 나를 본다
바닷가의 아버지를 만나러 가는 길이었다
그곳에서 고깃배를 얻어타고
남쪽으로 가야 한다는 것이었다
어느 편인지 모를 청년들이 모여서 뛰어간다
가는 곳이 38선이라고
나중에 누군가가 가르쳐주었다
남쪽으로 이어진 뱃길
여러 도시들을 거치다가
부산에 이르렀다
그리고 잡혀온 고래를 처음 보았고
서면 시장으로 가서 고래고기도 처음 보았다

헌화로를 가다

1

강릉태수가 된 남편 순정공과 함께 바닷길을 오다가
용왕에게 잡혀 바닷속으로 들어간 수로부인
나는 망상역에서부터 묵호, 옥계, 금진을 지나 심곡까지
바다를 살핀다
그 바다는 모두 심상치 않다
더군다나 사람들의 함성을 듣고
용왕에게서 놓여난 수로부인의 몸에서는
알 수 없는 향내가 풍겨왔다니…
그리하여 나는 그 향내를 맡는다
산과 바다와 하늘이 어우러진 그윽한 그 향내는
꽃이 피고지는 순간들만큼
산과 바다와 하늘과 함께 피어나며

속삭이고 있었다
과연 산과 바다와 하늘이 달리 있지 않았다

2

헌화로에 이른 수로부인은
벼랑의 꽃을 꺾어줄 사람을 찾는다
"누구 없소?"
아무도 없는데
암소를 끌고 가던 노인이 나타나
아니 부끄리시면 꽃을 꺾어 바치겠다며
벼랑을 기어올라가 꽃을 꺾어 바친다
지금도 헌화로 벼랑에는
꽃을 바라보고 벼랑을 오르는 노인이 있다고
산과 바다와 하늘은 말한다

〈헌화가〉 다시 읽기

누구 벼랑을 올라가 꽃을 따다 주지 않겠느냐는
말이 들려온다
그 바닷가 길을 갈 때마다
벼랑 위를 올려다본다
벼랑 위의 꽃을 위태롭다고 해서는 안된다
삶은 워낙 위태롭기 때문이다
전쟁을 거치고 혁명을 거치지 않았던가
그러니 벼랑의 위태롭기야 어찌 비길 일이랴
먹고 사는 일 자체가 위태로움이었다
한 그릇마다의 끼니가 위태로움이었다
벼랑의 일은 그 다음에 있었다
나는 벼랑을 기어올라가며
하늘을 짊어지고 있는 것이었다
어련히 꽃을 따서 그대에게 바칠 것이었다

윤
후
명
강릉길, 어디인가

도치와 망치

주문진에서 도치를 만나고
신곡에서 망치를 만난다
너희들도 있었구나
어릴 적 방파제에서 헛디뎌 바다에 빠졌을 때
넙치, 꽁치, 멸치, 쥐치 들과 함께
내 옆을 헤엄쳤을 물고기들
그들을 잊고 산 몇 십 년이었다
잊고 산 것이 어디 그뿐일까
이제 와서 지난 인생을 뒤돌아본다
잊고 산 풀들, 벌레들은 또 몇이었을까
그 잊음 속에 도치탕과 망치탕을 시켰던 것이다
그렇다고 잊고 산 인생을 구제할 수 있을까
내 배은망덕을 다 어찌할 수 있을까
나는 망연히 동해를 바라볼 뿐(茫然見東海)이었다

2023, 수퍼 블루 문

아내의 부름에 옥상에 올라가
2023년의 달을 본다
달은 건너편 북악산 위에 솟아올라
맑게 얼굴을 들고 있다
언제 또 저런 달을 보려나
몇 해 만에 떴다는 가장 크고 둥근 달
14년 뒤에나 다시 나타난다는 달
나는 아내에게 고마움을 나타냈다
그러나 14년 뒤의 나는 과연 어디에?
달에게 물어보는 것도 민망한 노릇
14년 뒤에야 겨우 본다는
크고 둥근 달
서울의 남산 위에 떴으니
강릉의 남산 위에도 떴으리

어머니와 밤길을 걸어오던

그 남산의 달이 여기까지 따라왔구나

그러니까 오늘 내가 여기에 있구나

북성극장 부근

대여섯 군데의 초등학교를 다녔다
대전 선화초등학교에 입학하여 부산진초등학교를 졸업할 때
까지
그리고 대구, 춘천, 양주 등등
친구들을 만들 수 없어서
개울 가재, 산속 밤송이, 보리밭 깜부기, 물가 도요새
함께 놀았다
탄피 상자를 앞책상으로 만들고
아버지의 양담배로 장마당에서 고래고기와 바꿔 먹으며
서면 하야리아 부대 뒤 수원지에서
나무칼을 휘두르기도 하다가
어느날 문득 서면 경찰서 앞에서
총에 맞아 피 흘리는 청년을 보았다
4.19의거였다

중학생으로 엘리자베스 테일러의 〈뜨거운 양철 지붕 위의 고양이〉를

　숨어 보았던 북성극장

　뭔지 모르고 보았던 영화였다

　뭔지 모르고 시작된 인생이었다

등명낙가사(燈明洛伽寺)를 오르며

등불 빛나는 언덕 위에
보살님들 맑은 얼굴로 나를 맞이하네
어두운 지난 일들 모두 잊고
내 새롭게 걸음을 옮기니
어린 옆집 소녀 세화(細花)도 웃음 띠고 나오고
나는 그녀에게 등불을 비추네
오랜 옛적 처음 여기 올 때 어머니의 손을 잡고
임당동 성당을 들러온 것은 왜였을까
그래서 나는 지금도 저 등불을 따라가는 것일까
등불 속에 이제 어머니도 소녀도 없건마는
등불이 꺼질세라 나는 발길도 사뭇하구나
등명낙가를 오르는 언덕이여
내 어린날의 등불이 여전히 나를 밝히네

2023, 목월운(木月韻)

올해는 윤유월(閏六月)
해는 길어서
강릉 무녀(巫女)는 목청 가늘게 빼고
6.25 때 숨죽여 엎뎌 있던
새악씨 되네

경포 모래밭 멀기만 한데
꾀꼬리 더 머얼리
대관령에 깃들어

목월 선생님
돌아가신 그때 나이 61세
지금 내 나이 77세
아, 윤유월 해는 길어서

〈

구정면 넘어가는 창포다리께
'산수유꽃 노랗게 흐느끼는 봄마다'
호올로 가는 나만의 길
어디론가 모를 나만의 길

윤
후
명
강릉길, 어디인가

겨울밤의 쇠난로

겨울밤 학교 신문사에 몰래 들어가
동료 심재혁과 묵은 신문지를 불때며
추위를 달래던 핀슨홀
이제는 윤동주 기념관이 되었다지

나중에 내가 결혼하여 호텔로 갔더니
사장 자리에 있던 재혁이
병치레를 하느라 미국 가서
퇴직금 다 까먹었다고 웃음짓던 재혁이

어느날 그가 영영 떠난 소식을 들으며
그 겨울밤 난로를 떠올린다
신문지는 다 때고
식어가던 쇠난로

그것이 그와의 만남이었나

얼마 전 인왕산 아랫길을 가다가 마주쳐
곧 다시 만나자 했던 그 약속은 어찌하고
그는 떠나고야 말았구나
지금도 어느 구석에선가 쇠난로는
멀리서나마 우리를 뎁히고 있을까
겨울밤 불지폈던 우리의 그 만남

이름의 그림자

박정만 조정권 이원하 박영한 황광수 박기동 김형영 박제천,
또 누구들…
이들은 누구인가
이들은 어디로 가고 이름의 그림자만 내 옆을
어른거리고 있는가
일찍이 같이 어울리고 같이 술마시고
같이 문학을 이야기하던 이들
어디로 갔단 말인가
함께 걷던 길을 나 홀로 걷는다
나는 내가 분명하건만
이들과 헤어져 홀로 걷는 오늘
나의 살아 있음도 내 것인지 묻는다
애초에 삶은 내 것이 아니었던가
강릉에서 태어나 객지로만 떠돈 내가 아니었던가

그러므로 나는 떠돌이에 지나지 않으니
오늘도 헤매는 이들을 뒤따라
나 또한 그림자처럼
어디론가 홀로 가고 있을 뿐이니

윤
후
명
강릉길, 어디인가

주문진 등대

주문진 등대로 올라가는 비탈길에서
청록색 딱정벌레를 본다
바닷가의 '쿠바 카페'를 지나
어시장을 거친 길
그러다가 에디오피아의 하라르를 떠올린다
서울 서촌에서 하라르를 물어보면
옆의 '보안 여관'에 들렀던 랭보를 소개한다
'바람 구두를 신은 사나이'라고 불렸던 그가
저 딱정벌레처럼 나타나서 주문진 등대를 이야기했지요
나는 하라르 커피를 한 봉지 사서 간직한다
서정주 시인이 여관에서 '시인 부락'을 만들었고요
비탈길에서 딱정벌레가 등대 쪽으로
파릇파릇 날개를 펼치는 동안
하얀 등대로 올라가며
랭보의 시를 읽는 동안

이 순간의 고향

신비한 세계가 저곳에 있다
그 저곳을 이곳으로 보자고 살아온 인생
한 늙은이가 아직도 살아가고 있다
그대는 누구인가
알고 있지만 대답하지 못한다
나,이기 때문이다
나는 저 모든 세계를 스쳐보며
또 다른 세계로 가고 있다
드디어 이곳,이라는 부르고 싶은
다른 저곳이다
몇 해 전 블라디보스톡에서 대륙횡단열차를 타고
도착한 이르쿠츠크
황제 가족이 총살당한 곳을 지나
북극 가까이까지 갔었다

아름다운 세계가 여기 있었구나
하는 순간
나는 그곳을 '이곳의 순간'이라 부르며
고향 땅을 바라보고 있었던 것이다

남대천 그네터

어린 나는 읍사무소 앞 임당동 골목을 지난다
미친 여자와 마주치곤 하던 살구나무 골목길
어머니를 찾아서 남대천으로 간다
빨래터에는 아무도 없다
이제는 큰 냇물을 건너야 한다
디딤돌을 밟고 건너뛰던 냇물
남산 기슭으로 향한다
길가에 앉아 생선을 구워 파는 아줌마들
화로의 불길을 돋구고 있다
풍구를 돌리는 아줌마도 있다
어머니는 어디에 있을까
창포는 칼날 같은 줄기를 푸르게 뻗는데
어머니가 있을 그네터를 멀리 바라본다

그로부터 70년이 지난 어느 날
나는 창포다리를 건너서
그네터를 바라본다
어머니는 어디에도 없었다
그러나, 그러나
어머니는 거기에 설핏 모습을 나타냈다
애야, 어디 갔다 이제 오니?
나는 그네터를 언제까지나 하염없이
바라보고 있었다

사막 지도를 들고 양파꽃을 보다

문체부에서 대통령 이름으로 주는 표창장을 들고
고향을 돌아본다
아버지가 그렇게 떠나고 나서
열아홉 어머니가 챙긴 소년
부산 개성중학교 때부터 동시를 쓰기 시작해서
서울 용산고등학교 때는 상도 타더니
20세 때 신춘문예로 시인이 되고
그리고 소설가가 되어
오늘은 77세 희수의 소년
몇십년을 시 소설을 써왔던가

표창장은 사막 지도처럼 내게 펼쳐져 있구나
나는 사막 앞에 서 있는 희수의 늙은 소년
하지만 둔황학회 회원이기도 하니

나귀를 타고 고비사막과 타클라마칸사막을 지나며
10년에 한 번 피어난다는 양파꽃을 보는 꿈을 꾼다
인생은 어느덧 저 뒤로 흘렀는데
언제 다시 보려는가 이 세상
한 떨기 꽃을 언제 다시 보려는가
그때 양파꽃은 미라처럼 사막에 피어나는가

팔레스타인의 나귀

나귀는 지금 팔레스타인에서 이스라엘의 포화 아래
피난 길을 가고 있다
귀가 길어서 포화 소리는 잘 들을 텐데
마르코폴로양(羊)처럼 말없이 가고 있다
예전에 집에서 돼지 꿀꿀이죽을 나르던 녀석처럼 가고 있다
그러니까 나는 부산 영도 피난민촌에 있는 것이다
세상은 온통 전쟁통이 되고
나는 물 한 깡통 얻으려고 나귀 옆에 선다
설거이 남은 물로 얼굴이나 문대려는 것이다
나귀의 친구였던 어느날들이 한없이 그리워지며
영도의 피난민촌을 이제 떠나왔으나
여전히 나는 귀청이 떨어져나가는 세상을 바라본다
이것이 인생이란 말인가
내게는 이제 나귀 한 마리 없는데

윤
후
명
강릉길, 어디인가

저 낯익은 피난길에 귀 큰 녀석이
껌벅껌벅 걷고 있는 것이다

강원도의 나귀

강원도 숲길을 가다가
나귀와 마주쳤다
나귀를 본 마지막이었다
나귀는 어디서 왜 나타났을까
흰 나귀는 아니니까 백석(白石) 시인의 나귀는 분명 아니지만
'응앙응앙' 울지도 않았지만
쫄랑쫄랑 가며 목방울을 흔들었다
내 입산을 환영한다고
대관령 어느 구석에서 부랴부랴 온 것일까
그러나 나는 결국 보름만에 입산도 하지 못하고
숲속에서 물러나왔다
그 우여곡절을 다시 말하지는 않고
다만 어디에 몇 줄 쓴 것으로 입을 다물어야 한다
그 뒤로 나귀는 내 눈에 띄지 않았다

윤
후
명
강릉길, 어디인가

한 풍경이 내게 문을 닫은 것이다
언제 다시 나귀를 만나게 될까
강원도의 나귀는 더욱 아득하다
이 세계가 이제 내게서 저물기 때문이다
이제는 이 세계 앞에서 내가 '응앙응앙' 울며
사라질 차례인 것이다

'빨간 마후라'

이모부는 강릉 비행장의 공군 준위 계급 정비사
'빨간 마후라' 장교는 못되었다
키도 안 큰데 키큰 이모의 남편이었다
어린 내게 무엇이든 자상히 가르쳐주던 공군 준위
하지만 어떤 때는 '빨간 마후라'를 목에 두르고
슬쩍 장교 흉내를 내기도 했고
집마당에 자두나무를 심을 줄도 알았다
자두가 열리면 내게 따주겠다던 그는
그러나 너무 일찍 가고
그가 가자 자두나무는 시름시름 따라가고 말았다
'빨간 마후라' 영화에는
최무룡도 김희갑도 나왔는데
이제 준위라는 노란 계급장은 어디에도 없다
계급장에서 없앴다고 한다

윤
후
명
강릉길, 어디인가

나는 자두나무가 사라진 빈 마당에 서서
저쪽에서 누군가 휙 나타났다가 사라지는 모습을 보았다
이모부였다
나는 '빨간 마후라' 이모부를
오랫동안 바라보고 서 있었다

〈삼국유사〉의 홍련암(紅蓮庵)

오래 전에 〈삼국유사〉를 읽고
양양 낙산사 홍련암(紅蓮庵)을 찾아갔었다
의상대를 지나 바다 벼랑길을 걸어
드디어 마루바닥에 뚫려 있는 틈으로 내려다보니
바위굴에는 파도가 급히 몰려들고 있었다
나는 무엇을 기도했던가
그리하여 지금까지 목숨을 이어오고 있는가
나는 어디엔가 피어 있을 홍련을 마음속에 담았다
그것으로 끝이 아니었다
〈삼국유사〉는 우리 동네 서울 세검정까지 이어진다
어느 날 신라의 화랑 두 명이 나타난다
그들은 백제와의 전투에서 죽었는데
그 무덤이 세검정에 있다는 것이었다
부랴부랴 찾아보니 사실이었다

윤
후
명
강릉길, 어디인가

그곳은 지금 한 초등학교 운동장이었다
마침내 그 흔적을 찾은 나는 고개를 깊이 숙이고
동해의 마음속 홍련을 그들에게 바쳤다

*죽은 두 화랑의 이름은 〈삼국유사〉에 장춘랑(長春郞)과 파랑(罷郞)이라고 기록되어 있다.

2

동해바다

꽃 한 송이 던져주지 못한
바다다
사노라고 이리저리 부대껴
다니노라고
꽃커녕 웃음 한 뜸 던져주지 못한 바다다

윤
후
명
강릉길, 어디인가

강릉 별빛

강릉 바닷가에서 별을 바라보는 것은
이 삶을 물어보는 것
이 삶을 지나면
다시 올 거냐고
어느 바다를 지나 다시 올 거냐고
물어보는 것
그러면 별은 물고기가 되어
멀리 헤어가기만 한다
하물며 별은 먼 향내에 빛난다
따라서 강릉 바다의 향내는 먼 별의 모습
우리가 살아 있는 지금을 가장 멀리 빛내는 별의 모습
강릉 바닷가에서 별을 바라보는 것은
지금 살아있음을 되새기며
이 삶의 사랑을 물어보는 것

강릉 가는 길

삶을 이어가기에는 감자가 아리고
사랑을 나누기에는 물고기가 비리고
죽음을 이루기에는
산과 바다가 죽음보다 길쭉하여
그리운 사람들 모두 어디로 가는지
물어보고 싶던 날이 있었다
뒷산 호랑이가 나무 되어 걸어 내려와
처녀 데리고 살았다는 옛곳
옥수수 수염 같은 고향 길
그렇건만
삶과 죽음이 새삼 서로 몸을 바꿔
사랑을 더듬는 모습 속에
더욱 알 길 아득하여
어디인가 어디인가
어디인가 멀뚱거리기만 하였다

윤
후
명
강릉길, 어디인가

120

별빛에 나를 맡기고

전 세계를 돌다시피하고
고향으로 돌아왔네
기장죽 한 그릇으로 배고픔을 잊고
그날 밤
황조가, 헌화가의 이두(吏讀) 향가를 기억하며
고향 하늘을 우러르네
오랜 그리움의 발걸음을 나 알고 있기에
밤이 되자 별빛에 나를 맡기네
잊지 못할 사람들 다 여의고
정동진, 옥계, 묵호까지 발길을 끌고
바다 너울 너머너머
어느 물굽이에 이르렀네
이제야 갈 길 아득히 보이긴 하나
별빛 가물거리는 밤으로 나를 데려가네

창포다리

남대천 디딤돌을 딛고
단오장 그네터 엄마를 찾아갔었지
디딤돌 사이로 연어들 헤엄쳐오면
큰바다가 밀려오는 소리 들려온다
어쩌면 큰바다의 고래 소리인지도 모른다
머나먼 태평양을 돌아 고향으로 찾아오는 고래
나도 그네에 높이 올라가
하늘을 넘실이는 파도를 부른다
고래는 디딤돌 위에 올라
지느러미 날개를 편다
창포다리에 엄마의 날개 자국이 남는다

옛집의 이름

강릉 임영로의 옛집 이름은 도롱이 등대였다
길옆 둑길을 넘어가면
남대천 개울 소리빛 내 길을 비춰주라고
어느 틈에 붙여진 이름
내가 이만큼 살아온 것을
불러주는 불빛
어머니 재 되어 뿌려진
오리바위 십리바위 앞 모래밭에
오늘 밤 하얀 새들이 날아다니고
바위섬도 도롱이를 쓰고 어디론가 가고 오며
내 나머지 앞날을 비춰주는
이만큼 살아온 작은 도롱이 길
나도 풀잎 도롱이를 쓰고
잿속의 어머니를 찾아나선 길

이웃집으로 가는 길

강릉의, 대관령의 눈(雪)을 아는가
키높이로 쌓여 헤쳐 나가기 어려운 눈
그럼에도 이웃집과 이어진 새끼줄을 당겨
나는 굴을 뚫고 나아갔다
하얗게 캄캄한 굴속에서 이웃집은 언제 나타나는가
높새바람 대신에 높새눈이라고 나는 이름지었다
굴속의 나는 누구인가
이웃집은 평생 굴속의 먼 이웃집이었다
나 역시 평생 굴속에서
언제까지나 이웃집으로 나아가고 있었다
이제 어머니 아버지 세상을 떠나고
높새눈은 뜨거운 눈으로 변해
나를 응시하고 있었다
누구인지 모를 내가 이웃집 앞을 헤매고 있었다
이 강산을 헤매고 있었다

윤
후
명
강릉길, 어디인가

대관령 성산 골짜기

대관령 성산 골짜기를 바라본다
6.25때 아버지가 총 맞아 죽은 곳
아버지는 만주 땅을 떠돌다 돌아와
이인직 소설 〈은세계〉의 무대인
성산으로 들어가 일을 당했다고 했다
그로부터 70여 년을 지나
누군가 아버지의 무덤을 귀띔해주었다
나는 무덤을 찾아
그 앞에 큰절을 올릴 수 있을까
나 역시 만주 땅을 떠돌다 돌아온 마음
가슴을 옭죈다
겨울이 되어 흰 눈이 내려 쌓이면
나는 하얀 사람으로 나를 감추고
'은세계'의 아버지를 찾아뵈리라 하는 것이다
이제야 겨우 큰절을 올리리라 하는 것이다

과즐마을

작은 등성이 허균 묘소를 지나
방 한 칸 얻으러 간 과즐마을
사천 바다는 멀리 내다보이고
어느새 날이 저물어
함석지붕들 바람 소리는 스스스 스산했다
오늘 진부령 넘어 오대산까지 들어가자면
하룻길 빠듯할 듯한데
내가 묵을 방 어디서 찾을까
숲길 인불 휙휙 날고
내 갈 길 푯말도 아득하다
그때 그 사람 어디로 갔을지
내 마음 함석지붕같이 날리는구나
어디에 마음을 둘까 발길을 살핀다

어머니의 대관령

대관령을 넘으려면 마음을 모두
말해야 한다
이부자리 트레일러에 싣고
옛날 육군 제28사단의 청년장교는
어머니를 살핀다
대관령을 넘는 길 옆 콩밭 뙈기
콩꽃 두두(豆豆) 꽃피었는데
없는 것까지 말하는 사랑 언제 오려나
대관령 산신령 아무 대꾸도 않고
어머니는 머리를 빗으며
삼단 같다고, 삼단 같다고
지프차 뒷자리에 어린 아들도 태우고
영 넘어 먼 길을 바라만 본다

어머니의 감자

어머니는 감자를 깎는다
내가 태어나기도 전부터
감자를 깎아 항아리에 담근 어머니
앙금을 내려 떡을 빚으면
떡을 빚으면
대관령 호랑이도 내려온다고
떡을 먹지 않는 호랑이도 굶지 않는다고
어머니는 감자를 깎는다
감자꽃빛 새벽별이 머리 위에 빛날 때
치성 올려
내 안에 앙금을 내리고 있다
내 안에 별빛을 내리고 있다

예가체프 커피

셀라시에 황제 시절의 에티오피아로 가고 싶다
프랑스 시인 랭보도 그랬을 것이다
강릉에서 예가체프 커피를 마신 것도
그래서였다
나는 강릉에서 배운 대로
서울 서촌에서 예가체프 한 봉지를 산다
랭보의 시를 이해하려는 시간의
모음(母音) 봉지
아마 이상(李箱)의 까마귀도 들어 있을지 모른다
아해들이 막다른 골목길을 달려가기도 할 것이다
황제와 랭보와 이상이
함께 예가체프 커피를 마시고 있는 걸
목격하려는 순간이기도 하다

구정리 자두나무

서울 서촌에는 인왕산 호랑이가 나타났었다고 한다
북한산 비봉이 안개에 가렸는데도
개의치 않았다는 것이다
언젠가 강릉 구정리에 우뚝 선 당간지주를 지나간
호랑이였을 것이다
까치와 함께 구정리 자두를 따먹으며
내 어머니의 머리 감는 모습을
바라보는지도 모른다
어머니! 크게 불러 지나온 세월을 물어본다
나를 그러안고
밤새 걸어간 바닷가에서
어머니는 호랑이와 함께 잠들었을 것이다
구정리 자두나무들을 지나가면
굴산사 범일국사가 나를 불러앉히는 광경을
쉽게 볼 수 있는 것도 그런 까닭이다

둔황에서 강릉까지

다들 고비사막과 타클라마칸사막을 말한다
하지만 나는 바다로 가련다
누란에서 포도주 한 병을 받아
누란 미라에게 한 잔 따르고
낙타를 얻어타고 〈왕오천축국전〉의 길을 걷는다
혜초(慧超)는 이 길을 어찌 걸었을까
마르코폴로양(羊)에게 묻고자 하지만
놈들은 벌써 모래 언덕을 넘어갔다
어머니를 찾아가는 건 육이오 때부터의 풍경이었다
주문진에서 정동진을 거쳐 묵호 바닷가를
고비와 타클라마칸으로 놓고
피난 보따리를 어깨에 지고
나는 어디론가 산속 길을 찾아가고 있었다
드디어 나타난 물장수 아즈바이

낙타 아즈바이 물 한 모금 주시구려
낙타는 눈물을 흘리며 내게 젖을 물린다
나는 어머니를 소리쳐 부른다

그을은 그리움

떠난 것들이 왜 내게는 남아 있는지 몰라서
강릉 바다 앞에 선다
무엇이 이리 막막한 걸까요?
어머니, 아버지!
이토록 그을은 그리움이 세상 어디에 있는지요
나는 바다를 바라보며 묻는다
모르는 것 투성이가 그을음이었다
그을음 자욱한 물음은 바다에서 산으로 메아리를 울린다
나는 바다의 창문을 열고 내다본다
육이오 때 이불을 뒤집어쓰고 남몰래 밝혔던
등불이 내 상처 위에 남아 있다
그것이었다구요?
그리움의 그림자를 보라구요?
막막한 그것이라구요?

갯메꽃 피는 바닷가

강릉 단오가 내일, 강릉의 바닷가에서
갯메꽃 피는 저녁을 맞는다
등대는 빛을 내비치기 시작하고
어둠이 살얼음처럼 깔린 모래밭은
검푸르게 삶을 휩싼다
나와 그대는 사라지는 사람들처럼
여기가 어디인지 서로에게 묻는데
갯메꽃이 모래밭에 피어 있다
그렇지, 강문 진또배기가 저기
우리는 사라지지 않았구나
우리는 검푸른 어둠 속에서
어디론가 헤쳐 나간다
그 속에 삶을 비추려고
등대는 순간을 반짝 확인한다
단오를 맞이한 삶이 갯메꽃으로 꽃핀다

한 척의 배

강릉에 김동명 시인이 있었다
'내 마음은 호수'라고 썼었다
그러나 나는 그 뒤의
'그대 노저어 오오'라는 구절에서 머물곤 했다
아무도 없는 나날
아무 생각도 없이
풀밭을 거닐고 싶었다
무엇이 있기는 한 걸까
내 어렸던 그 옛시절
홀로 된 어머니는 나를 데리고
밤 총소리를 건너갔다
아무 소리 없이
꽃마리 하늘빛 꽃 조르르 핀 풀밭에
떨어져 있는 신발
나는 한 척의 배를 빈 호수에 띄운다

강릉 앞바다의 귤

폴란드 그단스크에서는 바닷물에 돌이 떠 온다는데
돌이 아니라 호박(琥珀)이 떠 온다는데
그 호박을 가운데 넣고 만든
은장식 브로치
은혼식에 맞추어 그대의 목에 건다
폴란드의 그단스크 바다를 떠 온 듯
전쟁 때 강릉 앞바다의 병원선에서
흘러내린 귤
나 역시 바다를 떠 온 듯
험한 세파를 헤쳐 온 귤
은혼식의 그대 목에 거는 목걸이
고해(苦海)를 떠도는 우리의 삶에
귤은 떠 와서
돌이 되고 호박이 되고
강릉 앞바다의 파도가 된다

신령님 뵙는 하룻길

태백산맥을 한 바퀴 돌아 넘는 기찻길은
강릉까지 여덟 시간
그대와 나란히 앉아
삶은 옥수수를 갉아먹으며
고향으로 가는 길이었다
유리창 너머로 정선 아리랑 들려오면
아우라지 나루
언젠가도 지프차 얻어타고
암반데기 아래로 달려갔던 길
높은 고갯마루에서 산신령님 뵙는 하룻길
긴 수염 끝에 산마루 열리고
기차는 철거덕 멈춰 선다
마늘밭에 마늘쫑 올라오는 계절이 되고
유채꽃 노랗게 봄을 맞는데

나 이 고장 떠나 칠십년
옛날 그 내가 과연 나일까
고향 하늘 산마루 묵연히 바라본다

윤
후
명
강릉길, 어디인가

윤후명,
시,
혹은 산문,
혹은 소설

비단길을 가다

비단길을 가다

1

　지나온 세월을 돌이켜보면 모든 것이 오래 전 일이 된다. 오대산으로 향하면 40여 년 전이 내 옆으로 다가온다. 그곳에는 전나무 숲을 지나 산봉우리 '5대'가 있었고, 스님이 된 친구가 있었고, 내 앞날을 가늠하는 내가 있었다. 나는 억새가 우거진 들판을 걸으며 '나'를 어디에 놓을지 알 수 없어하고 있었다. 친구 멱정(覓丁) 스님은 멋진 이름을 갖고 준엄하게 '민중'을 파고들고 있었다. 빨래를 하는 어린 보살님도 볼 수 있었다. 그러다가 나는 역시 시인이 되어야겠다고 감연히 속세로 돌아왔다. 그에 관한 시 한 편이 있다.

진부 마을을 가며

적멸보궁 아래 월정사 길을 내려간다
내 친구 멱정(覓丁) 스님 여익구야
너는 여전히 탄허 큰스님과 함께 있느냐
개울에서 너의 빨래를 하던 젊은 보살은
이제 진부 집으로 돌아갔으리라
어찌하여 너는 다른 세상으로 갔느냐
우리 나란히 담배를 피워물던 숲을 지나
나는 어두운 숲속 어디론가 가고 있다
어디로 가는지는 나도 모른다
내가 나를 모르듯이
너는 내 입산을 막아서더니
어디로 가버렸느냐
이것이 인생이라고 하지는 않으련다
숲은 아직도 나를 기다리기 때문이다
지금 그때로부터 50년이 흘러
아직도 나는 진부 마을을 가며
무슨 자취인가 더듬는구나

그리고 내가 가고 있는 비단길이 나타난다. 예전부터 내가 바라보며 가는 길이었고, 지금도 내 앞에 아득하다. 중앙아시아의 알마티에 얼마동안 있을 때 거의 매일 공항에서 신강 위구르의 우름치로 뜨는 비행기를 바라본 것도 그래서였다. 공교롭게도 알마티–상트 페테르부르크–프라하–파리를 잇는 그 행로는 신혼여행 길처럼 되었다.

2

러시아의 얼어붙은 동토 속에서 발견한 씨앗을 싹틔워 꽃을 피웠다는 기사가 신문에 났었다. 이것만으로는 별일이 못되겠는데 그 씨앗이 무려 3만년 전의 것이라는 게 관건이었다. 3만년 동안 씨앗은 얼음을 뒤집어쓰고 살아 있었다는 것이다.

그렇다면 나라고 하는 이 생명은 3만년 전에 무엇이었을까. 나는 그야말로 얼토당토않은 상상에 빠져든다. 물론 나는 씨앗은커녕 아무런 근거도 없는 '없음' 그 자체였을 것이다. 그러니 내가 '무엇이었을까'라고 의문을 갖는 것조차 어리석기 짝이 없는 노릇일 것이다. 어떤 바람결 같은 것도 못되었을 것이 아니었을까, 하고 생각을 옮기는 것도 허락되지 않을 것이다.

그런데도 나는 러시아에서 꽃피웠다고 어느 화보에 난 그 꽃을 그림으로 그리기에 이르렀다. 아마도 패랭이꽃인 듯싶었다. 이 꽃 또한 내가 좋아하는 꽃이었다. 그렇다면 3만년 전에도 이 꽃이 우리의 대지에 꽃피고 있었더란 말인가. 고맙고 눈물겨운 일이 아닐 수 없었다. 그것을 지금 나는 함께하는 것이었다. 나는 머리에 패랭이를 쓰고 어깨에 날라리를 겯고 대관령 기슭을 터벅거리는, 평생 날지난 늙은이였다. 그렇게 살아왔기에 산기슭 흐르는 안개처럼 흔적없는 숨놓기였다. 그 세월 유령같은 3만년이었다.

그러니 지금의 이 나는 유령임에 틀림없다. 숨겨진 뿌리를 캐면 드디어 나타날 3만년 전 유령의 목숨. 그리하여 다시 3만년이 지나 어느 기슭에서 머리에 패랭이를 쓰고 날라리를 삐익삐익거리며 나타나는 어떤 모습. 그것을 꼭 나라고 부르지 않아도 상관없다. 너일 수도 있을 것이다. 어쨌든 패랭이꽃은, 거기서 더욱 나인 것이다. 3만년의 시간은 그것을 내게 말하고 있었다.

처가의 작은집에서 강원도 평창에 감자밭을 일구어 수확했

143

다고 보내온 감자를 삶아 먹으며, 패랭이 쓴 나를 3만년 전으로 보낸다. 어림없는 상상이지만, 내가 나이먹을 만큼 나이먹었다는 반증이 되리라. 억새꽃 나부끼는 저 들을 바라보며 다시금 지난 세월에 나를 보내는 이 늦가을날이다.

그리고 뒤늦게 다시 누란(樓蘭)를 말한다. 중국어 발음으로는 로란이 옳다곤 하지만 어쨌든 김춘수 선생이나 나나 작품에 썼었다. 그리고 사막 가운데 유적에서 고대의 미라가 발견된 사건을 되짚는다. 아무래도 미라를 덮은 천에 씌어 있는 '천세불변(千世不變)' 글자에 그만 넋을 놓았던 순간을 버릴 수 없기 때문이다. 여기서 일단 김춘수 선생의 '누란' 시를 거쳐가지 않을 수 없다.

'명사산 저쪽에는 십년에 한 번 비가 오고, 비가 오면 돌밭 여기저기 양파의 하얀 꽃이 핀다. 봄을 모르는 꽃. 삭운(朔雲) 백초련(白草蓮) 서기 기원전 백이십년, 호(胡)의 한 부족이 그곳에 호(戶) 천오백칠십, 구(口) 만사천백, 승병(勝兵) 이천구백이십갑(甲)의 작은 나라 하나를 세웠다. 언제 시들지도 모르는 양파의 하얀 꽃과 같은 나라 누란(樓蘭).'

'명사산(鳴砂山)'이라는 소제목이 붙어 있는 이 시는 내가 〈둔황의 사랑〉을 쓸 때부터 늘 머리에 맴돌고 있던 것이었다. 물론 어려운 글자들이 여기저기 박혀 있기는 하지만 나는 독특하고 아름다운 시에 틀림없다고 여겼다. 나는 둔황보다 누란에 더 꽂혀 있었다고 말해야 한다. 그 결과, 얼마 전에 취미삼아 혜초의 '왕오천축국전'을 나름대로 전시 작품이라고 꾸밀 때, 예전에 누란 근처에서 얻은 병따개는 중요한 실물이 되었고 지금도 엄연히 한 자리를 차지하고 있다. 그런데 병따개 옆에는 누군가가 보낸 다음과 같은 편지 한 장이 있기도 하다.

제게 시 공부를 시작할 수 있게 만들어주셔서 늘 감사드리고 있습니다. 선생님을 만나지 못했다면 시 쓰기뿐만 모든 문학이나 예술에 대해 전혀 모르고 인생을 낭비하며 지내고 있었을 텐데… 시를 공부하면서 모든 예술 분야에 조금이나마 눈을 뜨게 되고 인생이 좀더 풍부해졌습니다. 다시 한번 감사드립니다. 정말 뵙고 싶습니다. 늘 건강하시고 안녕히 계세요.

2022년 8월 8일

살다보니 이런 호강도 누리고 있었다. 오랜 세월 문학을 가르친다고 헐레벌떡 오가긴 했으나 이런 '감사'는 내게 과분할 뿐만 아니라 뜻밖의 것이기도 했다. 문득 머언먼 누란에서 누군가 말하고 있는 것 같았다. '누군가'가 아니었다. 나는 예전의 그 모임이 떠올랐다. 공단과 함께 있는 도시이기에 여기저기서 모여든 젊은이들과 어울리며 시를 이야기하는 모임이었다. '야학(夜學)'이라고 불렀지만 엄격했던 것은 아니었다고 기억한다. 아무래도 그녀가 미화시켜 말하고 있는 듯했다. 협궤 열차가 기적을 울리며 산모퉁이를 돌아가는 마을에 7년쯤 살 때, 무작위로 몇몇이 모이던 그 모임에 나오던 그녀는 간호사였고, 술꾼인 내가 술 때문에 쓰러져 있을 때때마다 링거 주사를 꽂아주곤 했었다.

그리하여 나는 다시 누란으로 향한다. 그런데 웬일인지 이 누란은 어렸을 적 춘천에 살 때 천막학교를 마치고 집까지 걸어오던 길이 되고 만다. 그곳이 사막이 되는 것이다. 전쟁이 끝난 지 얼마 되지 않아 천막을 쳐서 임시 교실을 만들고 수업을 하던 학교였다. 나는 그 무렵 창궐하는 전염병의 주사를 맞고 어질거리며 사막을 걸어오고 있었다. 설정 속에서 주사를 놓던 간호사가 바로 그녀였다고 한다면 어떨까. 게다가 나는 '양파의 하얀 꽃' 대신에 '엉겅퀴의 붉은 꽃'을 생각하기로 했다. 아는 사람은 알겠지만 엉겅퀴는 내 오랜 화두였다. 그리고 흉노족과 관계가 깊은 누란에는 아무래도 붉은 꽃이 어울리겠다 싶기도 했다. 내가 위에서 '사막'으로 표현하고 있는 그 길은 햇볕이 쨍쨍 내리쬐는 게 유난한 길로 기억된다. 그야말로 '사막'이 아닐 수 없다. 그 언저리에 피어 있던 엉겅퀴꽃. 물론 그 어린 시절에 엉겅퀴라는 이름을 알았던 것은 아니었다. 나중에 꽃을 알아가면서 나는 엉겅퀴를 알고 그 길에 더욱 다가갔던 것이다. 그리고 나는 한 편의 '엉겅퀴 시'를 얻게 되었다.

늘 하염없이 걸어오던 들길
엉겅퀴꽃 가시를 보고 배웠네
하염없이 걷는다는 건
그 가시를 본다는 것
가시로 사랑을 말한다는 것

〈엉겅퀴꽃 가시〉라는 제목도 붙었다. 그러다가 뒷날 둔황으로 가는 기차에서 산샨(鄯善)이라는 마을 이름이 스쳐 지나가는 팻발을 보았다. 누란과 함께 흉노에 복속한 나라의 이름이었다. 그러던 어느날 프레스센터에서 김춘수 선생을 만났다.

"어딘가 누란을 썼더구면."

선생은 걸음을 멈추었다.

"아, 예."

나는 그곳 사막의 작은 나라들 이야기를 나눌 수 있었다. 선생은 내가 둔황을 썼다는 사실부터 먼저 알았다고 했는데, 그 표정은 나를 마치 '호의 한 부족' 사람으로 보는 듯한 느낌이었다. 그때가 내가 선생을 마지막 본 날이었다. 결국 이 이야기들도 예전에 쓴 〈둔황의 사랑〉에 곁들여질 수밖에 없을 것이다. '호의 한 부족' 흉노에 시집간 당나라 미녀 왕소군도 마찬가지 범주에 든다. 그녀는 봄을 맞이하며 '오랑캐 땅에는 풀과 꽃이 없어 봄이 되어도 봄 같지 않네'라는, '춘래불사춘(春來不似春)' 글을 지어 노래불렀던 것이다. 그런 맥락에서 언젠가 경주에서 발견되었다는 '신라 왕족 아무개는 흉노 왕의 6대손'이라는 비석에서 보듯 흉노와 우리는 친연관계에 있다 할 것이니, 우리도 동이족이라는 오랑캐라 하니, 같은 '호의 한 부족' 오랑캐끼리의 이야기임에 틀림없다.

오랑캐 땅에도 엉겅퀴는 붉게 꽃핀다. 종류에 따라 가시가 있는 것도 있고 없는 것도 있다. 나는 둔황을 지나 신장 위구르의 땅에 들어가 '누란 포도주'를 마시며 잠시 혜초가 된다.

"포도주 병마개가 벌써 두 번째"라고 나는 혼잣말을 한다. 나는 파리의 몽마르트르 언덕의 '티르 부숑'이라는 카페를 생각하고 있었다. "샹송 대신에 〈파리의 아메리카인〉 재즈가 울려 퍼지고 있었지." 샹송이라면 우선 이브 몽탕이 부른 '고엽'이 떠오른다. 이 노래의 가사는 시인 자크 프레베르의 시집 〈장례식에 가는 달팽이들의 노래〉에 들어 있었다. 언젠가 절친 김형영 시인이 세상을 뜨기 전에 웬일인지 내게 선물한 오생근 불문학자의 번역 책에서 그것을 확인할 수 있었다. 오래 전 파리의 어느날, 나는 그 카페 이름 '티르 부숑'이 무슨 뜻인지 친구 S에게 묻고 한참 뒤에 돌아오는 대답을 들었다. "아마도 '포도주 병마개 따개' 같은데."

나는 사막을 걸어간다. 내 옆으로 누란의 미녀 미라가 춤을 추며 지나간다. 그리고 아득한 사막 저곳까지 엉겅퀴가 더욱 붉게 붉게 꽃피고 있다.

"여보게, 포도주 병따개 이리 줘. 한 병 더 마셔야겠군."

누군가 사막 끝에서 '티르 부숑'을 던지며 엉겅퀴 한 송이라고 말한다. 누군가 하고 돌아보니 저 어둠 속에 머나먼 김시인의 얼굴이 나타나 있었다.

3

그렇다고 해서 엉겅퀴꽃이 자못 꽃으로만 내게 다가온 것은 아니다. 오랫동안 마셔댄 술 탓으로 나는 간이 나빠졌는데, 병원에서 처방받아 먹기 시작한 약이 바로 엉겅퀴에서 빼낸 시럽이었다. 독일에서 만들었다고 했다. 그 약 겉봉에 엉겅퀴가 붉게 핀 그림이 돋보이고 있었다. 그 약을 먹으며 나는 문예진흥원에서 펴내는《민속예술사전》을 만드는 데 전념하기도 했다. 그곳에서 박제천 시인을 만나 보낸 시간도 내게는 나중까지 기억된다. 얼마 전에 그 박 시인이 그만 세상을 떠나서 나는 시 한 편을 쓰게 되었다.

    莊子 아닌 莊子 박제천 시인
    ― 박제천 시인 영전에

    그는 장자(莊子)인가 아닌가
    김현 평론가는 내게 물었다
    나는 대답 대신 북명(北溟)을 헤매고 있었다
    그는 방산재(芳山齋)에서 문을 빼꼼 열고 내다보았다

그의 의뢰로 《민속예술사전》을 엮고 있던 내게는

옆에서 그의 시를 읽던 시절이기도 했다

김한길, 조정권 등이 돕고 있던 시절

나는 소설에 발을 디밀고

다른 세계로 가고 있었다

저쪽 마로니에 공원의 옛 경성제국대학 한 구석에서

나는 구본명 선생의 장자 강의로 그의 시를 읽었다

60년대 우리의 젊음은 얼마나 위태로웠던가

이제 그가 누워 있는 저 세계에 우리의 젊음은 묻혀 있을 뿐

새로 쓴 시를 보여주고 싶어서 안달하던

그를 만날 수가 없으니 나는 여전히 휘청거린다

안녕히 가시구려, 박제천 시인,

거기서 만나서도 새로 쓴 시니 읽어보라고 해주구려

바로 그 얼마 전에 문예지 《문학나무》의 2023년 여름 낭독회에 참석해서 박 시인의 〈장자대간 주행기〉를 읽게 되었다.

백두대간 주행하듯/내 안의 장자대간 떠돌아다닌다//
지팡이 하나 짚고/추수 물가에서 물멍을 때리며 곤을 헤아리다/

지락으로 옮겨가, 붕새를 부른다//

　부대끼는 삶에 상처가 별거냐/이별도 대수롭지 않아,/도망간 여자와의 추억을 곱씹다가//

　이제, 불 들어갑니다/소리도 못 듣고 불명에 빠졌던 화목불.//

　오늘 걸쳤던 육괴가/활활 타는 화목불을 물끄러미 바라보다//

　때마침 날아온 붕새를 타고,/염라대왕께 문자 날린다/아직은 남명으로 가는 중이니 담에 봅시다.

　시를 읽으며 김현 평론가의 옛 물음에 대답이 되리라 여겼다. 김현은 내 시집 《명궁》의 시들을 일찌감치 평가해준 평론가였다. 그 무렵 계간 문예지 《문학과지성》이 창간되며 독보적인 기획으로 재수록 제도를 내세웠는데 첫 수록 시인으로 나를 선정하고 있었다. 소설은 최인호였다. 그래서 김현을 만난 나는 그의 집에도 몇 번 드나들었다. 어느날 그의 집에 갔더니 안쪽을 향해 "현종아, 니 후배 왔다"면서 정현종 시인을 부르던 모습이 아직도 눈에 선하다. 아, 그런 그가 49의 나이로 가고 말다니, 더 이상 무슨 말을 하겠는가.

　박 시인의 시에서 장자는 백두처럼 '대간'으로 놓여 있으며, 박 시인은 붕새를 타고 '남명'으로 가고 있다. 실은 '북명'과

맞서는 '남명'은 어디에도 없는 것이다. 그러나 그는 어느새 붕새를 불러 타고 그곳으로 가고 있다. 그의 기개를 충분히 읽을 수 있다. 박 시인의 마지막 절시(絶詩)일 이 시로서 비로소 답이 되리라 여겨진다.

지금 그의 '붕새'는 어디쯤 날아가고 있을까, 문득 하늘을 바라보게 된다. '아직은 남명으로 가는 중이니 담에 봅시다.'

그런데 '아직은 남명으로 가는 중이니 담에 봅시다.'는 무슨 뜻일까. 그의 영정을 바라보며 오랜 우리의 만남을 돌이키게 된다. 북명에 사는 물고기(北溟有魚)인 '곤(鯤)'의 크기는 몇 천 리인지 알 수 없다고 하며, 그 곤이 새가 된 '붕(鵬) 또한 그러하다 하고, 붕이 날아오르니 하늘을 뒤덮는다. 무릇 모든 만남은 그러하다고 나는 해석한다. 나는 하늘을 향하여 이별의 손을 흔들고 있다.

4

얼마 동안 내 직장은 관철동에 있었다. 길 건너가 인사동이었다. 술꾼이었던 나의 활동 무대는 당연히 그 언저리 어디에 있었다. 그 무렵 나는 소설가 김문수 형과 어울렸는데, 그의 행동반경이 꽤 넓어 여러 사람들을 만날 수 있었다. 특히 신구문화사라는 출판사에 관계하고 있는 사람들이었다. 이병주 소설가, 신동문 시인으로 대표되는 여러 어른들. 이들이 대체 누구인가. 〈소설 알렉산드리아〉로 이름난 분, 한국전후문제시집의 시 〈풍선기〉로 알려진 분 등등 한국문단을 대표하는 분들이 아닌가. 그 가운데 민병산이라는 철인 같은 분도 계셨는데, 나로서는 도저히 정체를 알 수 없는 존재였다. 그가 길가에 쪼그리고 앉아 있는 모습은 거의 매일 볼 수 있었지만, 디오게네스 같은 인상의 그는 언제나 오리무중의 '선생'이었다. 다만 지금 내게는, 선생의 글씨로 씌어 있는 신동엽 시인의 시 〈아사녀(阿斯女, 1963)〉 구절 '산에 들에'의 작은 액자만 하나 외롭게 남아 있다.

'그리운 그의 얼굴 다시 찾을 수 없어도 화사한 꽃 산에 언덕에 피어날지어이.

그리운 그의 노래 다시 들을 수 없어도 맑은 그 숨결 들에 숲속에 살아갈지어이.'

그리고 나는 인사동에서 시조시인 김상옥 선생을 만났다. 내가 어떤 잡지에 관계하며 선생의 글을 청탁하게 된 것이 계기였다. 선생은 여간 꼬장꼬장하지 않아 한 글자 한 글자 따지듯이 내게 주의를 주었다. '주 보따리'라고 불렸던 한글 원로 주시경 어른까지 만나 말씀을 옮겨적곤 했던 내가 아니던가. 아, 이런.

나는 어느덧 김상옥 선생의 골동가게였던 '아자방(亞字房)'에 드나들며 그 문도처럼 되어가고 있었다. 인사동 사거리에 있었던 선생의 아자방에는 자주 내 발길이 머물렀다. 그의 전공은 시조는 물론 도자기이기도 했다. 선생은 내게 도자기를 사도록 이끌었다. 그걸 알자면 사 보아야 한다고 했다. 그러나 사회 초년병인 나의 경제로는 엄두를 내기도 어려운 노릇이었다. 그러다가 드디어 작은 백자 항아리 하나를 사게 되었다. 지금도 내 책꽂이를 지키고 있는 청화백자. 이것을 나는 내 초임 반값을 치르고 샀던 것이다.

"사서 오래 들여다보면 진짠지 가짠지 알 수 있지."

선생은 도자기의 진짜가짜를 가리는 법을 손쉽게 설명해주었다. 가짜는 얼마 지나면 싫증이 난다고 했다. 나로서는 놀라운 말이었다. 그리하여 나는 한 구절의 경어, 법어를 얻게 되었다. 그것이 '존구자명(存久自明)'이었다. 일컬어 '있음이 오래

되면 스스로 밝아지느니'라는 경구라고 이름짓고 오랜 동안 좌우명으로도 썼다. 지금도 그러하다.

어느날 지리산 칠불사의 아자방에 가서 선생님을 생각한다. 한 번 불을 때면 한 철을 날 수 있다는 아자방은 한 철이 아니라 몇 십 년 동안 나의 온돌을 덥히고 있다고 할 수 있겠다. 비록 김상옥 선생님은 가셨지만 아자방의 가르침은 아직껏 내게 살아 있다. 그 청화백자는 여전히 싫증을 부르지 않고 내 옆을 지키고 있는 것이다. 그러므로 '존구자명' 진짜일 수밖에 없다.

'아름다움은 아는 것이 아니라 사랑하는 것'이라면서 도자기를 사랑하라고 권하던 선생의 마음에 귀를 기울이며 〈어느 날〉이라는 시조를 찾아 읽는다.

구두를
새로 지어
딸에게 신겨주고
저만치
가는 양을
물끄러미 바라본다

한 생애

사무치던 일도

저리 쉽게 가겠네

그리고 종종 이병주 선생을 술자리에서 맞닥뜨릴 기회가 있었
다. 알렉산드리아의 풍경이 이러할까 싶도록 은성한 자리였다.

"모레까지 소설 2백매는 써야 해."

선생은 호기롭게 말하며 술잔을 연거푸 기울였다. 마치 고대
알렉산드리아 도서관 뒷방에 들어앉아 있는 사람 같았다. 시
한 편을 쓰는 데도 한 달내내 끙끙대는 내게는 아득한 풍경이
었다. 인사동과 관철동의 술집에서 선생은 좌장처럼 술을 마
시고 있었다.

"나는 아이들이 많아 글도 많이 써야 해."

선생은 말했다. 글을 쓴다고 모두 발표할 데가 있다니 다시
한번 놀랄 수밖에 없었다.

오늘의 인사동에도 그 시절 습속을 간직한 어느 구석이 있는
것일까. 봉급을 다 날리며 사람들에 갈증나 찾아다니던 신문
기자였던 K같은 건달바가 아직도 있는 것일까. 인사동 거리를
걸으며 지난 세월을 생각한다. 나 역시 예전의 내가 아니듯이

모든 것은 예전의 풍경이 아니다. 나에게도 돈 천원만 달라던 천상병 선생의 시도 없고, 〈분례기(粉禮記)〉의 방영웅 형의 소설도 없다. 아름다움을 알기 위한 사랑은 더더구나 없다. 조자룡, 예용해, 조동화, 한창기 선생이 오가던 골동가게 화안도 주인 변경숙 여사와 함께 가고 더욱 쓸쓸하다. 그래도 나는 홍백화방을 거쳐 여옥의 빈 술집을 지나 멜하바 가게를 기웃거리며 옛 자취를 더듬는다. 천상병 시인의 시 〈귀천(歸天)〉과 함께.

나 하늘로 돌아가리라
새벽빛 와닿으면 스러지는
이슬 더불어 손에 손을 잡고,

나 하늘로 돌아리라라
노을빛 함께 단둘이서
기슭에서 놀다가 구름 손짓하며는,

나 하늘로 돌아가리라
아름다운 이 세상 소풍 끝내는 날
가서, 아름다웠노라고 말하리라

5

카자흐스탄에 머물렀을 때, 공항에 나가 신쟝 위구르의 우루무치로 향하는 비행기들을 바라보았다는 이야기는 어딘가에서 했었다. 그러나 이번에는 중국의 열차를 타고 둔황을 거쳐 그 신쟝 위구르로 갔다는 것부터 말해야 한다. 게다가 누란에서 구한 '티르 부숑' 즉 포도주 병마개 따개도 내 짐에는 들어 있었다! 그러니까 나는 그 얼마 전 카자흐스탄에 발을 딛을 때부터 내 계획과는 다른 인생길을 걷게 된 것이다. 그리하여 나는 알마티의 아리랑 호텔 앞 벤치에서 한국인, 조선족도 아닌 그곳에서는 '고려인'으로 불리는 한 사람을 기다리면서 중앙아시아 사람이 되어 갔다고 해야 한다. 그의 이름이 비탈리였다.

우크라이나로 간 비탈리

우크라이나로 간 카자흐스탄의 비탈리
예전에 중앙아시아 황무지에 버려졌던 우리 민족
노래를 부르며 살아가고자 했던 비탈리

나는 그의 집에 세들어 지냈다

그러나 이제 모두가 뿔뿔이 흩어졌으니

그는 지금 무엇을 하고 있을까

우크라이나와 러시아의 전쟁 소식에

그의 목쉰 노랫소리를 듣는다

애초에 소련이 해체되었을 때

우크라이나에 가서 농사를 짓겠다던 그였다

농사 중에도 파농사를 짓겠다고 했다

그의 집 마루 밑에 갈무리해둔

감자와 양파, 당근을 마음껏 먹으라던 비탈리

그는 러시아의 포화 속에

어떻게 견디고 있을까

올해도 파꽃은 하얗게 피었는데

소식은커녕 생사조차도 모를, 노래부르는 비탈리

　　위의 과정은 상당히 엇갈려 있는데, 어쨌든 카자흐스탄에서
일어난 일은 소설 〈하얀 배〉에도 비교적 자세히 그려놓은 바
있기에 여기서는 생략하기로 한다. 그 대신, 내가 지금 중국
란조우에서 새벽 열차를 타고 신장으로 향하고 있음은 기억해

주기 바란다.

란조우의 새벽 열차는 지금 여명 속을 가냘프게 달려가고 있다. '가냘프게'는 무슨 뜻인가. 하지만 거대한 여명 속에서 열차는 과연 '가냘프게' 달려가고 있다고밖에는 달리 쓸 수가 없는 것이다. 그 언저리에는 누란뿐만 아니라 고창 고성, 화염산, 천불동, 마고 할미의 호수 등등 유적이 즐비했지만 그곳들은 나중 몫이었다. 열차는 우루무치를 지나 투루판까지 연결되고 있었다.

내게는 옛 혜초의 유적들을 스쳐간다는 것부터가 흥분되는 일이긴 했다. 그러나 열차는 '가냘프게' 달려가고 있었다. 새벽녘 속에서 열차는 한 줄기 꽃마리처럼 가냘프게 보인다고까지 나는 생각했다. 열차는 그렇게 풀 한 포기 없는 사막 가장자리를 달려가고 있었다. 꽃마리의 파르스름한 꽃줄기는 사막의 모래 한가운데로 향하고 있다. 그리고, 그리고 그 끝닿은 곳에는 '천세불변'의 사랑의 미라가 누워 있다는 상상을 나는 하고 있었다.

또다시 누란(樓蘭)를 말한다. 중국어 발음으로는 로란이 옳다곤 하지만 어쨌든 김춘수 선생이나 나나 작품에 썼었다. 그리고 사막 가운데 유적에서 고대의 미라가 발견된 사건을 되짚는다. 아무래도 미라를 덮은 천에 씌어 있는 '천세불변(千世不變)' 글자에 그만 넋을 놓았던 순간을 버릴 수 없기 때문이다.

그리하여 나는 하나의 설정을 하게 되었다. 배경은 어렸을 적 춘천에 살 때 천막 학교를 마치고 집까지 걸어오던 길이었다. 그곳이 고비든 타클라마칸이든 사막이 되는 것이다.

그러나 엉겅퀴꽃의 붉음만을 말해서는 안된다. 어디까지나 가냘프게 달려가는 새벽 열차를 잊어서는 안된다. 이미 나는 꽃마리의 가냘픔을 말하지 않았는가. 그리고 어느해 내가 찾아갔던 지방 도시의 '도사'를 말하지 않을 수 없는 것이다. 그는 내 몸상태를 훑어보고 말했다.

"푸른 꽃 백 송이를 옆에 꽂아 놓도록 하오."

이게 무슨 약처방일까. 몸이 시름시름 아파서 약도를 들고 열차를 타고 찾아간 '도사'는 느닷없이 '백 송이 꽃'이었다.

어리둥절 머뭇거리는 내게, 그는 작은 꽃이 다닥다닥 핀 풀꽃은 실은 수많은 꽃송이들이 피어 있는 것이라고 설명하면서, 내 몸에는 그것이 약처방이 된다고 말해주었다. 지방까지 갔지만, 그 이상한 처방을 받은 게 전부였다. 게다가 그는 아무런 보수를 요구하지도 않았다. 이럴 수가 있단 말인가. 나는 홀린 듯한 몸으로 되돌아오는 열차가 오는 역으로 돌아서고 말았다. 나중에 들으니, 그의 처방은 한 가지가 아니라 여러 가지라고 했다. 수많은 가지가지 이해하기 힘든 게 많다는 것이었다. 나와 같이 간 사람에게는 흐르는 냇물을 때때로 바라보라고도 했다. 그것이 처방의 다였다. 이 사람을 '도사'라고 부르지 않으면 무슨 이름이 가능하겠는가.

어쨌든 나는 그의 말대로 1년 동안 꽃마리 같은 푸른 꽃을 꽂아놓기를 계속하며 지났다. 그래서인가 기신거리던 나는 어느덧 제법 기운을 차리고 아직도 살아 있기에 이르렀다. 나 자신 신기하다고 여길 지경인 것이다. 아, 하고 나는 이 이 우주 만물의 신비함까지도 받아들이는 내가 되었다.

해마다 꽃피는 계절이 오면 나는 그를 생각한다. 그의 말에 영향을 받아서인지 나는 꽃이 활짝 핀 큰 나무보다 작은 꽃이 피는 풀을 더 아낀다. 여기에서 꽃마리를 다시 보게 되는 것이다.

꽃마리, 꽃을 피우면
핏줄이 파르스름 꽃잎에 묻어나는데
꽃마리

바람에 날린다

콩잎에 무당벌레 붙어도

고개 넘어

그대 집 아직 멀다

그대의 핏줄에 흐르는 피는

이제껏의 인생살이를 말하면서

파르스름 그리움 짙게

내 한 몸 이끌어가고 있는데

갈 길은 아직 멀기만 하고

꽃마리

이름 불러

나는 내 몸에 그대 위한 글자를 새기며

지는 해를 넘긴다

　　강릉을 떠나 중국의 란조우에서 겨우 탄 새벽열차는 하서회
랑을 달려 혜초의 〈왕오천축국전〉 구도 땅으로, 〈서유기〉의 현
장법사 땅으로, 달마선사의 고향 땅으로, 위구르족의 신쟝 땅
으로 묻혀 들어가고 있었다. ✶